Modera

AF195618

Jack B. Smith

Herstellung und Verlag:
BoD - Books on Demand, Norderstedt
ISBN 978-3-7322-3457-8

Verständnislose Blicke suchen verzweifelt nach Sinn. Sinn in dem, was ihm getan. Weit aufgerissener Mund. Zitternd, bebend. Er spürte Schmerz. Zum ersten Mal in seinem endlos alten Leben spürte er Schmerz. Den Schmerz eines seiner Kinder, des aus ihm geborenen Lebens. Es war nur ein leichtes Stechen, doch da war er: Schmerz. Er sandte noch mehr seiner Kinder hinab, hunderte, tausende. Diese Krieger konnten sich in jede erdenkliche Form von Angst personifizieren. Gewitterstürme von ihnen gingen auf diesen einen Dunklen herab. Doch nichts. Nadelstichartig drang er in seinen Geist, seine Seele ein, doch er fand nichts. Dieser war anders.

Dieser war wie eine Maschine, die nur das Auslöschen kannte.
Dieser war wie ein Insekt, ein Parasit, der nur das
Aufsaugen und Aussaugen kannte.
Dieser war wie ein Schatten, der nicht zu fassen war.

Er erinnerte sich an die Warnungen seiner Brüder und seiner Schwestern. Sie hallten in seinem titanischen Schädel hin und her. Bedrängten ihn umzukehren. Mit einer Handbewegung hatte der eine dunkle Krieger gerade zehntausende seiner Kinder ausgelöscht und in seine Rüstung gesaugt. Ein weiterer Stich. Doch dieses Mal? Doch dieses Mal!
 Er sah ihn genauer vor sich als je zuvor.
Er sah durch die Augen seiner Krieger. Dieser Dunkle war muskulös, groß gewachsen und hatte diese seltsame Rüstung. Sie war halb aus insektenhaften Platten, halb aus Maschinenteilen und hatte diese merkwürdige

reine schwarze Aura. Plötzlich hatte er den Finsteren. Eines seiner Kinder durchbohrte diese personifizierte dunkle Leere von hinten mit einer metallenen Lanze. Direkt durchs Herz. Schwarzes Blut quoll dickflüssig an ihr herab. Doch zu seiner Verwunderung pumpte es umso stärker weiter. Vom Kopf des dunklen Einen schälte sich der Helm seiner Rüstung. Lange schwarze Haare wehten im Wind. Leere schwarze Augen. Ein fast menschliches blassgraues Gesicht kam zum Vorschein. Der Düstere öffnete leicht zitternd verzückt seinen Mund und blickte an sich herab. Doch dann wurde daraus ein breites Grinsen. Spitze schwarze Zähne blitzten hervor. Ein Fauchen, das sich in ein schallendes Lachen wandelte. Eine dicke muskulöse Zunge brach hervor. Sie leckte das Blut genüsslich von der Klinge der Lanze. Mit seiner rechten Hand packte er blitzartig das Wesen, das die Lanze hielt. Körper und Seele des Phönixkriegers wurden wie so viele zuvor in die unnatürliche Rüstung gesaugt. Das Blut kehrte in den Körper zurück, und die Wunde schloss sich von selbst. Dann wandte sich der dunkle Unwirkliche gen Himmel und sah das Untier direkt an. Leeren Blickes. Doch wissend und durchbohrend. Der Phönixdrache eröffnete sich, um sein ganzes düsteres Wesen dem Einen zu offenbaren. Himmel und Horizont waren erfüllt von dunklen Flammenmeeren.

Dem titanischen weltengleichen Körper der unendliche Ewigkeiten alten Bestie. Der dunkelsten Aura des Wesens aus Angst. Erschaffen von unsagbar bösen Kräften. Doch der düstere Krieger war nicht etwa erschrocken oder verschreckt. Ein ungewohntes, ein dumpfes, drückendes Gefühl umwob plötzlich den Drachen. Sein noch nie gefühltes Herz schlug dem gigantischen Wesen bis an seinen schuppigen flammenden Hals. Donnergrollen. Er spürte sein Blut durch seine nie zuvor gefühlten Adern beben, strömen. Seine Atmung beschleunigte sich. Der dunkle Eine wandte sich immer mehr und mehr dem titanischen Drachen zu. Nur ein Gedanke schoss dem Untier durch seinen mit flammenden Hörnern gespickten Kopf: „Nein, das kann nicht sein …" - Angst durchfloss die Bestie. Der Düstere griff gen Himmel. Der Drache spürte den festen Griff an seinem sich mehr und mehr manifestierenden Hals. Es spürte einen nie da gewesenen Druck in seinen nie zuvor gefühlten Eingeweiden. Er fühlte sich schrumpfen, schwächer werden. Sein dunkles Feuer, das seit der Zeit seiner Erschaffung brannte, erlosch langsam, aber sicher. Der Düstere zog den schrumpfenden Körper der Bestie immer mehr zu sich herab. Bis er ihn festen Griffes in seiner Hand hielt. Das einst so stolze und titanische Wesen bebte vor Furcht. Klammerte sich an seine einst schreckliche, unwirkliche Existenz. Mit letzter Kraft versuchte es sich loszureißen, wand sich. Versuchte den festen Griff des Düsteren aufzubrechen.

Den Arm zu zerkratzen. Doch es war schon zu schwach, seine Pranken glitten kraftlos ab. Es spürte, wie es sich auflöste und in die Rüstung des Düsteren gesaugt wurde. Sein Äonen altes Leben floss an dem einst so majestätischen Wesen vorbei. All die Geschöpfe, all das Leben, das es ausgelöscht hatte. Die endlosen Jahre, in denen es unbesiegt blieb. All die Zerstörung. All die Formen, die seine Kinder, seine Phönixkrieger hervorgebracht hatten. Der Tod und die Vernichtung, die sie gebracht hatten. Dann erfuhr das unwirkliche Wesen eine Verwandlung in reine Energie. Ein letztes Aufatmen. Dann war es vollbracht. Der Düstere blickte sich um. Zerstörung und Tod umgaben ihn. Er streckte seinen Arm aus und nahm alles in sich auf. Zurück blieb eine endlose Leere aus schwarzem Sand. Die blutrote Sonne brach durch die schwarzblauen Wolken. Ein Getöse erhob sich aus dem Meer der Universen und Dimensionen. Milliarden und Abermilliarden Stimmen, endlos viele. Sie ließenden einen Namen durch die Ewigkeiten erschallen. Anfeuerungsrufe für den Krieger, die über die schier endlosen Weiten des Meeres brandeten. Der Dunkle genoss die Wellen der Rufe, er schloss die Augen. Breiter und breiter wurde sein Grinsen, jetzt war er in Gedanken bei seinen Armeen. Plötzlich wisperte jemand seinen Namen. „Kaltec ..." Das Getöse verstummte. Er wandte seinen Kopf in die Richtung, aus der das Gehörte kam. Jener Name, den sein Erzeuger ihm einst in Voraussicht gegeben hatte. Der Dunkle drehte sich nun ganz in die Richtung, aus der er seinen Namen gehört hatte. Einmal mehr war sein Name zu hören. „Kaltec ..." Es war sein Vater, der ihn mit vertrauter Stimme rief. Er hörte sie über das gesamte schier endlose Dimensionenmeer. Er kannte die Dimension, in der sich sein Vater aufhielt, und mit nur einem Schritt in jene Richtung war er bei ihm. Er durchschritt Raum, Zeit und die Endlosigkeiten, um bei seinem Vater zu weilen. Jener war der namenlose König der Mittleren Macht.

Kaltec

Einst war er ein schöner und edler Prinz. Ältester Sohn des Königs, oberster Befehlshaber und Thronfolger. Doch dann trat die namenlose Prinzessin der Einzigartigkeit in sein Leben. Es hieß, sie war die Tochter der Göttin der Schönheit. Ihre Haut so rein und zart. Ihr Blick so klar und weit. Doch durch all das und durch ewige Einzigartigkeiten mehr, schien in sonnigem, diamantenem Schein das heilige Licht ihrer Aura. Jene erstrahlte in so hellem Licht, dass sie an jedes Ende des schier endlosen Dimensionsmeeres drang. Es war wahre Liebe. Ihre Hochzeit ging in die Legenden der ewigen Chroniken ein als das prächtigste und größte je abgehaltene Fest. Doch eines Tages, als Kaltec von einer diplomatischen Mission sich seiner Heimatdimension näherte, sah er diese belagert von den drei größten Völkern des dunklen Teiles der See aus Dimensionen, Zeit und Raum. Den Maschinisten, den Insektenbestien Kree und den unkörperlichen Schatten. Der Prinz rief seine Truppen, aus unzähligen Kriegern bestehende Legionen, in den Kampf. Sie schlugen sich einen Weg durch diese höllischen Massen an Gegnern hin zum Hauptschiff. Je näher sie dem Hauptschiff kamen, desto mehr wurden seine Leibgarden dezimiert. Die Gegner immer mehr und mehr. Etwas packte den jungen Kaltec plötzlich von hinten und verschleppte ihn. Er wurde in eine der Folterkammern gebracht. Dort musste er, auf grausame Art fixiert, mit ansehen, wie seine geliebte Frau geschändet wurde. Die letzten Blicke, die sich an ihren Gemahl klammerten, verlöschten. Der einzigartige Körper erkaltete. Die hellste strahlende Seele verging, erlosch. Als dies getan war, zogen sich die drei Völker umgehend in ihre

Heell und Dunkel

Heimatdimensionen zurück. Des Prinzen Seele starb in jenem Moment und wurde neu geboren. Als etwas unbeschreiblich Grausames. Als man ihn barg, war er mehr tot als lebendig. Von seinem Medicus wurde er wiederhergestellt. Als er in seinem eigenen Flaggschiff saß, das er nun „Schwarzer Tod" nannte, fasste er einen Entschluss. Er würde sich an jenen Völkern rächen. Er würde sie aus der Dimensionensee tilgen. Kaltec sprach zu seinen Männern und den ihm unterstellten Wesensarten:

> „Aus ihren Knochen erbauen wir unsere Schiffe. Aus ihren Häuten die Segel, mit denen wir segeln werden über das Meer aus ihrem Blut!"

Kaltecs Vernichtungsfeldzug gegen jene drei mächtigsten Völker konnte nie in Zeit und Raum ausgedrückt werden. So wurde der Prinz zu einem schier unaufhaltsamen Krieger. Sein Krieg eine Suche nach Erlösung. Am Ende seines Kreuzzuges kam er vor die Tore, hinter denen der König jenes Reiches saß. Er alleine trat vor diese Tore. Düster, dunkel. Und schier unüberwindbar. Kein anderer Krieger, keine Armee, nichts und niemand seit Anbeginn der Dimensionensee war je so weit gekommen wie er. Als er vor jenen Toren stand, nahm er all seine Macht und schlug dagegen. Erschütterte sie in seinen Grundfesten. Als er zu seinem zweiten Schlag ausholte, vernahm der unwirkliche Vernichter seinen Namen.
Von einer bekannten Stimme. Er wandte sich herum und erblickte seinen Vater, den alten weisen König, im Schein von Licht stehend, das aus einem Spalt an der oberen Seite der titanischen Türen schien. Nun verstand der Prinz. Er war erschaffen worden.

Sein Vater war es, der die Absprache mit dem dunklen König traf. Und den Angriff auf seine Dimension ermöglichte. Kaltec erkannte, wozu er geworden. Die Bedeutung seines Namens „Blutiger schmerzhafter Tod". Sie war nun zu schrecklicher Wahrheit geworden. Er war nun das mächtigste bekannte Wesen. Ein Wächter und Schützer. Aber auch ein mahnendes Beispiel ...

Kaltec stand am Bett seines Vaters und hörte das ruhige und tiefe Atmen des alten Königs. Der Prinz sah das leichte Zittern am langen grauen Vollbart seines Vaters. Die Augen waren geschlossen und wanderten hinter den Lidern umher. Der Herrscher schlief und hatte in seinen Träumen gesprochen. Der Königssohn küsste seinen Vater auf die Stirn und verließ ihn so lautlos, wie er gekommen war. Im nächsten Moment öffnete sich die Haupttüre, die zum Schlafgemach des Königs führte. Der zweitälteste Sohn des Regenten stieß die Flügeltüren auf und trat ein. Loren trat herein und erfüllte den Raum mit seiner von Gnade durchfluteten Aura. Der König erwachte. Er richtete sich auf und sprach zu seinem Sohn: „Junge, es ist Zeit!" „Ja, Vater! Ich verstehe ..." Loren eilte mit beschleunigten Schritten wieder hinaus. Die Garden schlossen die großen Flügeltüren hinter ihm. Er eilte die weißen, glatten Steintreppen hinab. Was nun in Gang geriet, sollte das Reich erstarken lassen. Frieden schaffen. Einen neuen König hervorbringen. Kaltec stand auf einem der Haupttürme der weltengroßen Feste, spürte mit geschlossenen Augen nachdenklich durch alle Ecken und Enden des großen Dimensionsmeeres. Loren, dessen Name

Hoffnung

„Gnade" bedeutete, trat von hinten auf ihn zu. „Bruder?" „Loren, ich spüre, eine Veränderung kommt", sprach der Dunkle mit unwirklicher Stimme. „Bei all deiner Macht, bei all dem, was du gesehen hast, siehst und ... sehen wirst", wies ihn sein Bruder auf etwas hin. „Kann es sein, dass ich bei all den Stürmen ein Staubkorn übersehen habe? Ich bemerkte schon früh, dass es dort, wo meine Augen nicht ruhen können, einen gewissen Schatten gibt. Und ein Teil davon ist nun genau dort ..." Der dunkle Prinz zeigte auf einen unscheinbaren kleinen Punkt am Horizont. Er bewegte sich und kam langsam näher. Loren tat nur einen Schritt in jene Richtung und war im nächsten Moment draußen bei dem Punkt in der Wüste. Er wunderte sich über das, was er nun sah. Ein ausgehungerter, in weiße Lumpen Gekleideter. Ein schwaches Männlein, das dem Gnadenerfüllten in die Arme fiel. Um Luft ringend und schwach. Es musste von weit her sein. Die Reste seiner Kleidung und die Zeichen darauf waren selbst dem schier allwissenden Königssohn völlig unbekannt. Der Prinz analysierte im Bruchteil eines Augenblicks den Fremden mit all seinen Sinnen. Im selben Moment heilte er den Halbtoten, der in seinen Armen lag. Der Mann atmete tief das Leben ein, dann sah er Loren direkt an. Mit hoffnungsvollem Lächeln streckte der Fremde den Arm und die geschlossene Hand dem Prinzen entgegen. Dieser verstand und nahm etwas entgegen. Seine Aura analysierte es sofort. Ein Stück ledriges Pergament. Darauf zu lesen war nur ein Name, den der Prinz aus alten Legenden kannte: Modera.

Der Name bedeutete „Große Hoffnung". Die Geschichten berichteten von einem mächtigen Prinzen, der in einer bestimmten Dimension leben sollte.Durch die Analyse von Loren wusste er nun auch die Herkunft des Mannes. Es war jene Dimension, eine sehr früh entwickelte. Sie war seit der Zeit des großen Kriegers Ungewa im Besitz der mittleren Könige. Die einzige Besonderheit war, dass man in jene Dimension nur als Seele reisen konnte, beim Übergang in jene seinen Körper verlor. „Herr, er braucht ihn ..." der Fremde zeigte auf den Hauptturm der titanischen Burg. Auf Kaltec. Dieser öffnete im gleichen Moment seine Augen. Breites hoffnungsvolles Lächeln erfüllte sein Gesicht. „Sie ist dort!" In mir ist eine Erinnerung von einem schreienden Krieger, der auf mich zugestürmt kommt. Er holt mit seiner gewaltigen Klinge aus. Sie rast auf mich herab. Durchschneidet die Luft. Kurz bevor sie mich trifft, wird sie von einer anderen gestoppt. Metallisches Klirren durchsetzt die Luft. Eine Stimme höre ich, die ruft: „Schnell, bringt ihn hier weg!" Als Nächstes sah ich mich über einem Wolkenmeer schweben.

Galoppieren von Pferden ist zu hören. Es sind vier Reiter. Angeführt von einem gekrönten Krieger auf einem weißen Pferd. Er spannt seinen Bogen und schießt einen Pfeil ab. Dieser verwandelt sich in einen knochigen Arm. An der Hand an seinem Ende baumelt eine uralte, golden glänzende Sanduhr, sie blitzt auf. Sie läuft in beide Richtungen. Weißer und schwarzer Sand. Eine Stimme sprach tief, deutlich und mächtig:

„Du bist unser Adoptivkind!"

Erschrocken wachte er auf. Er sieht sich um. Sein Auto, innen. Energydrink-Dosen und Fastfood-Verpackungen liegen auf dem Boden der Beifahrerseite. Leichter Regen lässt die Außenwelt verschwimmen. Er atmet durch. Ein Parkplatz, den er gut kennt. Autos jagen zu seiner Linken an ihm vorbei, die Autobahn. Zu seiner Rechten der diamantene Schimmer des Chiemsees. Er blickt auf seine Uhr: fünf Uhr morgens. Eine ganze Stunde unruhig geschlafen. Er startet den Motor und fährt los. Im Radio läuft „Blueprint". Die A8 war nicht besonders stark befahren um diese Jahreszeit zu dieser Uhrzeit. Das Gesagte aus seinem Traum hatte er schon einmal gehört. Es waren seine Adoptiveltern, die es ihm sagten, als er zwölf war. Was sie nicht wussten, seit einiger Zeit hatte sich das Leben ihres Sohnes schlagartig verändert. Anfang des Jahres 2001. Davor war er anders gewesen ... er träumte wahr. Sah in seinen Träumen Dinge, die ihm später wirklich passierten. Außerdem nahm er in wachem Zustand Dinge wahr, die woanders passierten. Er spürte es, wenn sich seine Seele anspannte, dann hatte er Visionen von schreienden, leidenden Menschen. Später hörte er im Radio oder Fernsehen von Unfällen oder Unglücken, die zur selben Zeit geschahen. Doch das war nicht alles. Er träumte von einer wunderschönen Frau. Er sah ihre Hände, Finger, ihren Körper. Ihr glänzendes Haar. Ihre Beine. Er roch sie. Er schmeckte sie. Und zuletzt ihre Augen, diese einzigartig schönen Augen.

Präkognition

Fernwahrnehmung

11.9.2001

Doch dann träumte er von ihrem Tod. Er verlor sie. Er sah es, immer und immer wieder in seinen Wahrträumen. Ein Gefühl, das er nicht ertragen konnte. Also fasste er den Entschluss, er würde sie nie wieder sterben sehen. An einem Abend blockierte er sein Unterbewusstsein. Alles, woran er sich erinnerte, war, dass jemand seine Hand hielt. Er weinte und kämpfte mit sich. „Ich will sie nicht mehr sterben sehen, ich will sie nicht mehr sterben sehen ..." Am nächsten Morgen war alles vorbei und sein Leben von Grund auf geändert. Er träumte nie mehr von dieser Einen. Hörte nie wieder Schreie, nahm keine Unfälle mehr wahr. Doch nach einiger Zeit fehlte sie in seinem Leben. Doch er konnte nicht mehr zurück. Es gab nur noch einen Tag, an dem er etwas wahrnahm. Es waren nicht einzelne Stimmen herauszuhören wie zuvor. Es war ein einziger Fluss aus Schreien. Er spürte den Schmerz, einen, den er nie zuvor gefühlt hatte. Eine Art schrecklichen Pfeifton. Sein Gefühl unbeschreiblich dumpf und drückend. Eine zerreißende innere Anspannung. Etwas war geschehen.

Vakuum

Danach eine innere Leere. Ein Gefühl, innerlich ohne Leben zu sein. Dieses Gefühl von Machtlosigkeit. Wut machte sich in ihm breit, über die Welt und sich selbst. Etwas hatte eine tiefe Wunde gerissen. Immer weniger war von ihr in ihm. Er vermisste dieses Gefühl, jemanden dort in seiner Seele zu wissen. Er wollte sie wieder bei sich spüren. Sie wieder spüren.

Doch da war nichts mehr. Vielleicht würde es eines Tages wiederkehren? Er sie wieder küssen. Sie wieder schmecken. Ihr Lachen hören. Sie nahe spüren, Wärme spüren. Dort in seinen Träumen waren sie zusammen gewesen. Sie war weg und ihre Bilder verschwanden immer mehr. Nach über einer Stunde Fahrt war er nun an seiner Stammtankstelle angekommen. Er kaufte einen Kaffee und zwei Glückskekse. Einen davon schenkte er wie immer dem Verkäufer. Dann stieg er in sein Auto und fuhr weiter. Mittlerweile war es nach halb sieben Uhr morgens. Er fuhr nach Hause und legte sich schlafen. Ein traumloser Schlaf. Er wachte irgendwann gegen Mittag auf. War allein.

So allein. Er hörte sich atmen. Starrte an die Zimmerdecke. Schloss seine Augen. Versuchte sich an ihre Augen zu erinnern. Er spürte, wie er schwer auf seinem Bett lag und nicht aufkam.

Es bestand auch kein Grund dazu. Er dachte nach. Vielleicht versuchte er sie zu sehr zu finden. Was würde passieren, wenn er sie vergessen würde? Doch diese Augen ... Einzigartig schöne Augen. Sie waren alles, was ihm von ihr geblieben war. Er wollte sie.

Er brauchte sie. Sie driftete immer mehr und mehr hinweg. Wo war sie? Sie war da und doch weg. Seine Gefühle für sie verschwammen mit den Jahren immer mehr.

Jahre ohne Gefühle.

Einsamkeit

Melancholie

Und so bin ich ein machtloser Gott. Zwischen Wissen und Nichtwissen treibe ich dahin. Und die Stimme der Gezeiten flüstert ... Schicksal. Wehen der Seelen des geplagten Fleischlichen nach dem ewigen Ziel. Segelnd durch Qual. Feuer der Herzen, lodere in die endlosen Himmel empor. Brenne dich hinein und kühle unser Hitze Schmerz. Denken, fühlen, sehen und wissen. So streifen wir durchs Leben, sind das größte Tier. Unser größter Feind das Denken an alles Vergängliche. Und der Schmerz unzähliger Seelen weht im Sturm des Ewigen. Seht, dort lodern die Feuer und wir vermögen sie nicht zu sehen. Doch wir vermögen sie zu löschen. Was wisst ihr vom Leben, was vom Tod? Nichts wahr, nichts falsch. Was ist dort, wo wir stehen, wertvoll, wahr? Ewig im Kampfe. Denkend, fühlend, lodernd stehen wir zwischen Gut und Böse. Treiben einen Keil hinein. Halten alles im Lot. Achte das Leben und achte den Tod. Zwischen Irrsinn und dem Genius, dort liegt das Land, wo wir leben und sterben.

 Der Schatten taucht herab zu mir und taucht meinen Geist in Dunkelheit. Doch die Tage werden sehend sein und du bei mir. Es wird fort sein, das Dunkel, und der Tod nicht da für immer. Du berührst mich und den Himmel mit. Dir fern sind wehe Gedanken und Qual.

 Niemals könnt ihr trennen uns, denn wir sind beisammen ewiglich. Ich und die namenlos Schöne. Dort stehe ich nun und schweige zur Welt. Taten sah sie mich tun. Streiten sah sie mich. Für dich. Bist du es? Er wollte nur noch sie finden, die eine, die er liebte. Die immer mehr verblasste. Immer mehr verschwand. Bis nur noch ihre Augen übrig waren. Wo war sie nur? An wen dachte sie?
Jemanden, den sie nicht kannte und liebte?

Doch er wollte sie weiter suchen und finden.
Die Einsamkeit trieb Pflöcke in sein ausblutendes Herz. Ströme, die flossen, weit verzweigt, sich einen Weg bahnten. Sein Leben hatte sich zu etwas Dumpfem entwickelt.
Er rief und niemand hörte ihn. Er flog, doch kam nicht vom Boden los. Er ging, doch berührte den Boden nicht. Er öffnete die Augen, doch sah nichts. Es musste etwas in sein Leben treten, das ihn wieder zur Existenz führte.
Lebte er noch? Er wusste es nicht. Da musste doch mehr sein. Er suchte, doch fand nichts. Er hatte vielleicht verlernt zu suchen, verlernt zu finden. Er ging kaputt, doch sie ging mit ihm. Sie war immer bei ihm. Manchmal vergaß er dies. Er begann Selbstgespräche zu führen. Aus purer Einsamkeit. Er nannte seinen Gesprächspartner Kaltec. Seinen Bruder.
Es bedeutete ihm viel, mit jemandem zu reden, der ähnlich fühlte und ähnlich dachte wie er selbst. Ähnlich. Doch nicht gleich.
Sein Bruder war fest in seinem Inneren.
Er war der andere Teil seiner Seele.
Ein dunkler Krieger, von allergrößter Macht.
Er offenbarte sich ihm. Eines Tages würde Kaltec durch die reine Liebe vergehen und ihm all seine Macht geben, die er dann für sein wertvollstes Gut einsetzen würde. Das Ewige um ihn herum. Er gab seine Arbeit auf, um seine leibliche Familie zu suchen. Er erfuhr, dass er mehr als drei Geschwister hatte. Er beschloss, seine leibliche Mutter zu suchen, auf eigene Faust. Er wollte es selbst machen und erzählte seinen Adoptiveltern nichts davon. In seiner Vorstellung war sie eine reiche Frau, die in einer Villa wohnte. Doch nun wusste er, es war alles ganz anders. Es war ein Schock für ihn zu sehen, wie sie wohnte.

Innerer Aufruhr, alles hatte sich geändert.
Er wollte nicht mehr so leben.
Weinte und haderte. Versuchte sich das Leben zu nehmen. Mit seinem Auto in den Gegenverkehr zu fahren. Wieder und wieder, es waren mehr als zehn Mal in einem Zeitraum von ungefähr zehn Minuten. Er sah noch einen Lastwagen auf sich zukommen, doch nichts geschah. Kein Zusammenstoß. Es passierte ihm nichts. Keine Geisterfahrermeldungen im Radio, keine Unfallmeldungen. Etwas brachte ihn, ohne dass er es bewusst wahrnahm, sicher nach Hause. Seine leibliche Mutter lebte ein Leben weder in großem Reichtum, noch hatte sie ein eigenes Haus. Sie hatte viel in ihrem Leben mitgemacht. Er wusste heute, dass sie ihn in ein anderes Leben gegeben hatte, um sein körperliches und seelisches Wohl zu gewährleisten. Weil sie wusste, dass er bei ihr nicht die Möglichkeiten hatte, die ihm ein anderes Leben bot. Sie rettete ihm dadurch sein Leben. Er wusste dies nun. Er hat ihr vergeben. Er integrierte dies in sein Leben.

Er beschloss aufs Neue, die „Eine" zu suchen, und als er wieder einmal spätnachts unterwegs war, fuhr er durch einen großen dunklen Wald. Mit zunehmender Deutlichkeit wurden alle Bäume zu Kriegern. Aus jeder erdenklichen Epoche und Kultur. Antike Krieger standen neben modernen Soldaten. Schulter an Schulter. Es wurden immer mehr und mehr. Sie warteten auf etwas, ein Zeichen oder etwas Ähnliches. Große Banner wehten im Wind, darauf zu sehen ein großes weißes Kreuz. Ihre Gesichter sahen ihn erwartungsvoll an. Es weckte Zuversicht in ihm. Er erkannte, was sie von ihm verlangten. Sie waren für die Einigkeit unter den Religionen und Kulturen. Jeder Mensch ist eine eigene Kultur. Jeder Mensch ist Teil von etwas großem Ganzen. Und jedes große Ganze kann nur durch die einzelnen Teile Bestand haben. Kein Teil ist umsonst hier. Alles erfüllt seinen Zweck in dieser großen Maschinerie, die die Menschen Leben nennen, Existenz nennen. Erfahrungen nehmen wir mit auf unserer Reise hinein ins Licht der Form unserer Seele, Unendlichkeit. Zerstöre nicht, erschaffe aus deinem Geiste die Welt neu. Durchstreife oder bleibe. Geh und komm nicht vorwärts oder steh still und reise durch Ewigkeiten. Lerne aus dem Reisen durch diese deine Wirklichkeit. Du stehst still und die Existenz bewegt sich um dich herum. Jedes Wesen ist dein Lehrer. Alles lehrt dich. Versteh richtig und sei ein geduldiger Schüler.

Gott schickt dir immer das Richtige im richtigen Moment. Die „Eine" war, ist und wird immer ein fester Teil seines Lebens sein. Er hat ihr im Leben so viel zu verdanken. Ohne sie wäre sein Leben definitiv anders verlaufen. Sie hat ihn immer und immer wieder dazu gebracht, das Beste aus sich zu machen. Sie ist die Hoffnung in seinem Leben, die er immer und immer wieder sucht und findet. Sie ist der Glaube, den er hat. Sie ließ ihn immer und immer wieder an die Liebe glauben. Er brach unbeschreibliche Flüche für sie. Durchschritt immer wieder die düstere, schier endlose Wildnis. Bekämpfte riesige schreckliche Ungeheuer, die dort umherstreiften. Wenn er nachts seine Hand ausstrecke und ins Dunkle griff und nach ihr rief, ergriff sie diese und lächelte ihn an. Mit sanfter und liebevoller Stimme spricht sie zu ihm

„Ich war nie weg ..."

Wenn er sich verlaufen hatte, war sie der Leuchtturm, der ihn nach Hause rief. Grund, Sie ist der Grund warum er heute hier steht und sagen kann: „Ich will genau jetzt diese Person sein. Denn es ist eine unberührbare Tatsache, dass sie mich jetzt so liebt, wie ich bin. Und alles, was ich in meinem Leben mitgemacht habe, will ich noch mal leben. Denn ich weiß, es führt mich hin zu ihr." Denn er weiß, sie werden sich finden. Und jeden Moment, den er lebte, würde sie ihn mehr und mehr zu dem machen, der er sein sollte. Sie schnitt ihm tief ins Fleisch und ließ ihn zum letzten Tropfen ausbluten, nur um ihm mit einem ihrer Blicke neues Leben einzuhauchen. Sie nähert sich ihm jetzt immer mehr. Seidene Berührung. Atmend, hauchend. Unendlichkeiten verschmelzen ineinander. Wärme. Augen schließen sich. Heißer Atem, der in einen anderen mündet. Herzen schlagen schneller miteinander. Hände, die suchen, finden, Kreise ziehen. Leises, lauter werdendes Verlangen. Bettelnd, flehend nach Erlösung. Zitternd, bebend. Im heißen Sturm sich biegend, nicht brechend. Den Mund sich öffnend, nach mehr verlangend. Der andere erhörend und mehr gebend. Nach Luft ringend. Augen in Ekstase aufreißend. Den Kopf des anderen suchend, streichelnd, bewegend. Den verschlingenden Wind anfachend. Unaufhörlich anheizender Feuersturm. Züngelnde verschlingende Flammen. Alles niederbrennend. Voll Verlangen. Langsamkeit um Langsamkeit, schneller werdend. Beide fielen, flogen ewiglich, unendlich. Schneller und schneller. Atmend,den anderen küssend. Absorbierend. Augen blicken sich an. Erblicken sich selbst.Der Spiegel zerspringt.

Er erwachte, sah sich im Dunkel um. Er war allein, so allein.Du fehlst hier. Ich schlafe in einem leeren Bett. Alles, was fehlt, bist du und ich, hier. Alles, was ich kannte, war der Schmerz der Einsamkeit und der Enttäuschung. Wachse in mir und steige empor. Liebe! Ich rufe dich herbei mit meinem Seelenmeer der ewigen Ewigkeiten. Mit meiner Seelenkraft und meiner Herzensmacht rufe ich dich nun. Streift hinaus, hinauf, hinab, hinüber. Suche du, der Teil meiner Seele ist: „Kaltec, mir ist egal, wer sie ist, wo sie ist. Was sie tut, wie sie lebt. Bring mir die eine. Die das hervorbringt, was und wer ich bin!"

Hier ging es nicht um körperliche Liebe. Nicht um Fleischliches. Es ging vielmehr um wirkliche Nähe. Um Sicherheit, Geborgenheit. Sich Wärme geben. Nebeneinander einschlafen können. Immer und immer wieder. Zu wissen, der andere ist da. Da sein füreinander. Es gibt Dinge, die sind mehr wert als alles andere.
 Es ist nicht wichtig, was irgendeiner über dich oder die Person denkt, die du liebst. Ich liebe dich so, wie du bist! Für mich bist du ein Mensch. Ein sehr wertvoller und wunderbarer Mensch. Ich weiß, du bist für dich nicht perfekt.
 Das weiß ich. Aber für mich bist du es. Ich liebe dich so, wie du bist. Der Mensch, der ich bin, liebt den Menschen, der du bist. Eure Worte treffen mich nicht. Eure.Messer schneiden mich nicht. Doch ihre Worte treffen mich, ihre Messer schneiden mich. Ihre Berührung rührt mich. Was du tust, verletzt mich, sticht mich an die rechte Stelle. Tiefer und tiefer. In mein flammendes, fliegendes, blutendes Herz hinein. Das von Unendlichen der Krieger, Soldaten und allem Schützenden geborgen ist. Lodere Feuer hochauf diesem heiligen Berge, in diesem

> Ich wähle das Leben
>
> Ich wähle dich

Tempel den ich meinen Körper, meine Brust nenne. Schlage und bebe unter ihrer Rührung. Bete dass ich dich finde zwischen den Ewigkeiten. Dich finde wieder und wieder bis zum Ende der Existenzen. Dich eng umschließe und mich mit deiner Seele vereine. Seelen leben! Diese Seele rührt mich, sie rührt mich ewig. Die eine, die für mich jede ist. Die eine, die für mich das Dimensionenmeer wert ist zu durchschreiten. Deine Seele kennt mich immer und immer, wieder und wieder. Kriege zu führen, auf Kreuzzüge reiten.Den stärksten Versuchungen zu widerstehen.
Die Drachen der Angst zu erschlagen.
Mein Pferd ist staubig von dem Grunde des Feldes. Mein Panzer ist dick und zeugt von der Schlacht. Mein Körper, meine Seele sind vernarbt vom Kampf. Sind tief ins Fleisch gezeichnet. Erzählen dir von meinem Leben. Habe verschanzt mich. Unzählige der Krieger und Ritter stehen mit mir. Ich lege ab meine Panzer, grabe mein Schwert in den blutgetränkten, zerwühlten Boden vergangener Schlachten. Trete festen Schrittes
vor meine Festung.

Die Unendlichkeit der Sonnenmeere, floss durch ihre Augen. Sie erfüllten ihn mit unendlicher Wärme und Licht das jeden Schatten in ihm überflutete. Auch wenn sie nicht um ihn war, gleich wo sie war. Diese Wärme begleitete ihn durch den Dornenwald seiner seelischen Labyrinthe. Auch nur angeritzt sprudelte gleißendes Licht von innen her und heiligte jeder dieser Stigmata. Mit geerdetem Menschlichem Stolz und wachsender Heiligkeit trug er jede davon als wäre sie die größte unendlich wertvolle Auszeichnung.

Und von der Personifzierung jeder Schönheit selbst verliehen. Das Blut seiner Seele heiligte jeden seiner Schritte und ebnete ihn hin zu ihr. Zu ewiger Zweisamkeit, die die zeitlosen Ewigkeiten durchwebte. Mit Schwert und Schild standen sie immer da und wachten, einer vor dem anderen miteinander.

Alles Messbare und Nichtmessbare lässt sich unendlich verkleinern und unendlich vergrößern. Es kommt darauf an. Auf eure Sichtweise. Die Welt bewegt sich um euch herum und ihr steht still. Alles fließt im ewigen Fluss der göttlichen Ordnung des allmächtigen Sängers.
 Durch seine Stimme werden die Dinge in Ewigkeiten und Unendlichem geordnet. Entwickeln sich stetig fort und fort. Weder Licht noch schwarze Dunkelheit. Der, der singt, ist beides zugleich. Ist Gleichgewicht. Dort ist
 Krieg, in den kommenden Ewigkeiten. Güte
 und Grausamkeit liegen oft näher zusammen, als man glauben mag. Treffen sich die Zukunft und Vergangenheit bei einem Tee und prügeln sich um die Gegenwart. Führten die Dunkelheit und das Licht den Schatten ein. Sei strahlend, Gegenwart, du augenblicklicher Schatten, einziges Reales. Ich blick ins Licht
und sehe dich an, du blickst zu mir zurück. Blendest mich. Durchtrennen kann niemand dieses Band. Jenes zieht sich durch die Zeiten, Endlosigkeit. Breit und dünn, endlos lang,
 in allen Farben, schwarz und weiß. Glatter Wellentanz. Stürmisch liegende Ruhe. Wolkenburgen, Welten hoch. Verworren, geflochten, endlos laufend. Suchte und fand immer das, was ich finden musste,
 finden sollte.

DICH

DU

ICH

WIR

Komm, Ewigkeit. Küss mich, meine Seele mein Herz. Geboren sind wir ineinander. Dies ist hier und jetzt. Hände aus Schatten der Vergangenheit greifen nach mir und versuchen mich zu halten. Ziehen mich tief hinab. Lichtengel heben mich empor, hoch hinauf. Kreise ziehen sich um mich, Wirbel, Strudel. Ziehen mich, tragen mich. Machen trunken mich in meinem Geiste. Atemlos stehe ich im düsteren Lichte, greife Luft. Berühre die Unendlichkeit. Atem der Zeiten und Völker. Spiele mit dem seidenen Band. Schicksal, ich berühre dein Gewand. Führt mich zu dir. Eile durch Tag, Nacht, Hitze. Endlose Schönheiten, brennende Himmel begleiten mich. In allen Flammen brennt der Himmel. Auf- und Untergang. Sterbend und zeugend. Das Jetzt ist Ewigkeit. Wir blicken ewig die Vergangenheit. Erstehen aus Träumen. Vermögen nicht unser ständig entstehendes Schicksal zu sehen. Sei Schicksal. Jetzt. Entscheidet euch für euch Menschen. Wahre Größe sollt ihr kennen. Gütig sollt ihr sein und gerecht. Zueinander. Ich werde euch nicht mehr sagen, wer ich bin. Teile von euch sehen etwas Furchtbares in mir. Ich weiß, wozu ich fähig bin und dass ihr das fürchtet. Die Regeln, die ich mir gestellt habe, schützen euch und nicht mich. Was nicht heißt, dass ich nicht für euch einstehen werde. Ich bin ein sehr einsamer Mensch. Ich bin der Einzige meiner Art. Ich existiere zwischen euch her. Habt keine Angst vor mir. Wenn und falls der Tag kommt, werde ich da sein und euch helfen, euch verteidigen. Ihr glaubt, ihr seid allein. Glaubt mir, das seid ihr nicht. Mit Schwert und Schild werde ich bei euch sein.

> ?
>
> Wer ist der einsamste Mensch im ganzen Königreich?
>
> Und warum ist er es doch nicht?

In diesem Leben hier, in dem ihr glaubt zu existieren. Ich erkenne mich nicht in den Spiegeln, ich erkenne mich in jedem, allem, immer und überall. Sieh mein Auge. Sieh dich an. Tief in dich hinein. Flute und brande an dich. Flamme, such mehr um mehr. Durchstreife. Ewigkeit um Ewigkeiten.

Es gibt Wahrheiten in meinem Leben, die ich lernte zu akzeptieren und das Einzige, was mich am Leben erhält, ist die Eine. Und das, was ich in mir sehe, wenn ich bei ihr bin. Wir sind, wer wir sind. Wir bleiben und werden zu dem, was wir sein müssen für diese Welt. Das, was dahintersteht, ist die Wahrheit, die über uns wacht. Uns erhält, zu dem macht, was wir jetzt und für immer sein sollen. Die Eine ist der Punkt, an dem ich das Universum aus den Angeln hebe und zu dem mache, was es sein soll. In mir bist du. Und jede Person, die je lebte und leben wird, zusammen in mir, in einer Person. Ich will dich sehen, in dich hineinsehen. Das aus dir herausholen, was tief in dir verborgen ist. Um das zu geben, was ich sein soll. Denn das ist, was ich sein will, was in meiner Natur liegt.

Und das Größte in mir ist das Schützende und Gute, das Gerechte, das Liebende. Der Teil, der immer mehr und mehr nach dir ruft. Das bist du, jeder Teil von mir ruft dich. Und du antwortest: „Ich bin jetzt und auf ewig hier." Durchstreife die Endlosigkeiten. Wüste Leeren, mit den Armeen, die mir umstehen. Streitend für sie. Sie, die mich schützend trägt, mich aufrichtet, wenn ich falle. Fortuna ist Schwester mir, sie blickt mich an. Löwe und Lamm sind in mir, bereit, für dich ihren Platz einzunehmen. Die, die mehr als drei sind, sind Brüder mir und werden es ewiglich bleiben. Ich führe Krieg in mir, täglich sterbe ich am

Hunger, und dies ist meine Krankheit.
 Meine Brüder sind es, die mir Tag um Tag beistehen und mich erstarken lassen. Moment um Moment. Meine Heilung ist unbenannt und ich kenne sie nicht. Heilung kann ich nicht alleine finden, mein Herz ist geteilt und es bröckelt in die See, die See, die du bist, und erfüllt sie mit sanfter Unruh. Brande hinauf zu mir. Erfülle mich mit deiner Ewigkeit, in der du wohnst, mein Stern, der mich leitete durch jeden Sturm, der mich umwob. Zeichen stehen dort um mich und bannen meine Menschlichkeit unauslöschlich dort auf mir. Herz, brenne für alle, die stehen bei mir und sind mit mir. Frei bin ich nie, bin gefangen in mir und in meiner Liebe zu dir. Strauchelte, fiel oft, du ließest mich erstarken und richtetest mich wieder auf. Steige empor in die weißen hohen Tiefen. Das Tor der Endlichkeit. Im Augenblick. Jetzt gibt sie mir Hoffnung. Gibt euch Hoffnung. Ihr tut euch und dieser Existenz Schlimmes an. Euch, ihr und der Welt um euch herum. Ich will neben ihr ruhen. Wenn sie es ist und ich es bin. Sie ist Licht für mich. Bedenkt, dass die Sterne Sonnen sind. Ich rufe hinaus mit all meiner Seele Kraft. Sie will zu dir, ein Teil ist und war es immer.
 Ich suche sie, ich rufe sie, sie hört mich.
Sie ist mir nicht mehr fern. Hoffnung. Fangt an, vor allen von euch selbst zu lernen, euch selbst vor allen anderen zu lehren. Denkt nicht in eine Richtung, die euch und eure Welt in Ungleichgewicht bringt. Wenn ihr Angst habt, egal wovor, fragt euch, woher. Fragt euch, warum. Ihr seid ein Volk. Steht zusammen.
 Und lasst euch durch nichts trennen.

Alles, was euch trennt, ist ein Vorurteil, das ihr gegen euch selbst tragt. Ich bin noch nicht der, der ich sein soll. Doch mit jedem Augenblick, den ich lebe, werde ich mehr und mehr zu dem. Ich weiß nicht, wozu ich werde, doch es erfüllt mich nicht mit Furcht. „Gott liebt dich, weißt du? Bete für deine Feinde!" Ich bete für meine Feinde. Wenn man es genauer nennt, habe ich nur einen. Keinen Menschen. Kein Lebewesen auf dieser Welt. Ihr Menschen seid nicht meine Feinde. Ich bin nicht der eure. Einst fragte ich: „Gott, wann werde ich die Kraft haben, die ich brauche?", und Gott antwortete: „Wenn du sie brauchst." Gleich welchen Teil der Dunkelheit mein sogenannter Feind gesehen hat.

Ich erkenne heute, dass er Teil dieser Dunkelheit in meinem Leben ist und dass ich im Grunde nur mich selbst zu fürchten brauche. Der einzige Feind, den es zu überwinden gilt, ist der, der in mir selbst wohnt. Das Licht ist in mir und die Dunkelheit. Welchen Teil ich zulasse, obliegt mir. Doch der Teil, für den ich persönlich eintreten will, ist weder hell noch dunkel. Dies ist die Akzeptanz beider Teile in mir und der Ausgleich in mir. Das Wissen, dass beide Teile in mir sind und ich jeden zu meiner und meiner Mitmenschen Wohl einsetzen kann. Das ist ein Bestandteil meines Lebens, weil ich mehr und mehr von großen Hirten gelernt habe. Zukunft und Vergangenheit mit all ihren Möglichkeiten und Unmöglichkeiten sind Teil dieser Dimension.

Die Ewigkeit des gesamten Universums bis zum Ende dieser Dimension. Alles, jedes Teil, sei es nur ein Staubkörnchen einer Möglichkeit, ist in dem Moment existent, in dem Gott auch nur daran denkt. Und wenn Gott träumt, auch nur den Bruchteil eines Augenblickes seine ewigen Augen schließt.

> ?
>
> Welchen Teil dieses Traumes machst du und alles, was du bist, aus
>
> ?

Die Ewigkeit durchfloss sein heiliges Meer. Die Endlichkeit zog sich durch seine Welten in denen er thronte. Glänzend heilig, segnet er den Garten der Äonen. Von Dort nach dorthin. Auf Kreuzzug durch die Meere aus kriechenden und schreienden weißen Walen war er zum Walfänger geworden und ritt seine Beute wie Schlachtrösser. Weißes auftürmen von Wänden aus bleichem. Brechend in den Höhen. Zerstörend in den tiefen die ruhig und unbesehen schlafend sich winden in unwirklichem Wachem Traum. Der Sandmann wirft seine Wüsten auf den Unsehenden. Gott Shiva im Spiegel. Mächtig, Blau und Erhabenheit. Vierarmig und stolz das Universum auswerfend tanzen. Das Außen ist Lüge und das Innere unwahr und nicht fassbar Wirklich. Heilende Wirbeldurchsetzte kriechen an mich und rühren mich in meinem Schloss. Blicke der Altforderen beobachten jeden Schritt aus ihrer Wacht in den kommenden Tagen. Rufen mich und zeigen Warnend mit ihren Fingern in alle Richtungen die nur der gehen kann der ich gestern noch nicht wahr, doch morgen sein werde. Heute noch nicht bin. Schlachtet nicht mein zerrschundenes Lamm, mein Herz. Ich habe nicht Furcht vor euch ich habe Erfurcht vor dem das nicht Lamm ist in mir. In den dunkelsten Tagen Brüllt er. Sein schallen eilt durch alle Zeiten und ist der ewige Ruf. Das Weiße Kreuz ist in meine Seele gebrannt. Dieses verbrannte Fleisch ist für euch ohne Hoffnung und Wirklichkeit. Am Auge das nicht der Wirklichkeit traut, ist das Beste, das es mindestens einen auf der Welt gibt der damit diese Erschafft.

Er mochte die Nacht. Sie ist kühl, klar und friedlich. Die Straße fließt unter ihm vorbei wie ein ewig grauer Fluss. Der Mond erhellt oder lässt alle Dunkel. Stunde um Stunde, Tag um Tag. Wochen, Monate und Jahre. Doch eigentlich ist er in einer Wüste. Der heiße Sand brennt unter seinen Füßen. Die Sonne macht einen Blind und verbrennt einem die Haut. Und während einige Teile von ihm zu diesem Glimmen in der Ferne aufgebrochen sind, sind andere dabei, Sand zu sortieren. Sandkorn um Sandkorn nehmen sie, legen alles von der einen Seite auf die andere. Erst wenn sie damit fertig zu sein scheinen bemerken sie, dass sich nicht verändert hat. Sand sortieren, nach Größe, Farbe, Form und atomarer Masse. Die Hitze der kargen Weiten macht die Haut ledrig und dick. Die Hitze wird nicht weniger, sie stört einen nur nicht mehr so wie damals als man losgegangen ist, und noch irgendwie komplett war. Die Füße wissen noch tief in sich warum sie aufgebrochen sind. Sie sinken in den staubigen Sand ein. Schneiden sich auf an messerscharfen Steinen deren Spitzen sich tief ins Fleisch bohren. Sein Herz kennt dieses heilende Flackern in der Ferne, das einen Teil tief in ihm entzündet hat. Wie ein Docht, der nicht verlöschen will oder kann. Er sieht um sich. Die Dünen spenden dem letzten Licht seiner Augen Frieden. Wie weit der Leuchtturm in diesen Meeren aus Allem und Nichts ist, kann er nicht mehr sagen. Er meint die Brandung zu hören und eine Möwe gesehen zu haben. Einen Schatten davon, eine vage Silhouette. Die Menschen beten diesen einen Vogel an, weil sie meinen, dass er ein Anker ist den man in die Tiefen sendet um Halt zu finden. Um alle Teile von Sicht zu sich zu ziehen und zu vereinen.

Damit man nicht mehr als Mast ohne Segel, und Segel ohne Mast, oder bloße Takelage auf die Klippen zusteuert. Dinge gingen über Bord und sind schon vorausgesegelt. Große alte Teile die ihm durch die Zeit von diesem Land erzählen auf das ich meinen Kurs gesetzt habe. Und während er zu Sand zerfließt, und der schneidend heiße Wind ihm das Fleisch von den Knochen Schält, schmeckt er das Meer auf seinen Lippen. Auf seiner Zunge ist das Salz dieser Erde und füllt seine Seele mit dem Rauschen der Brandung.

Vielleicht kommt es nicht darauf an, welchen Teil du ausmachst, sondern welchen du ausmachen sollst. Jeder Teil dieser Dimension ist eine gigantische Maschinerie, kontrolliert von Gott. Bewusst oder unbewusst. Gott ist Gott. Die Gegenwart, Zukunft und Vergangenheit. Jede jegemachte Erfahrung. In jeder erdenklichen Möglichkeit jeder erdenklichen Dimension. Jedes Gestern war einmal ein Morgen, und jedes Morgen wird irgendwann einmal ein Gestern sein. Durch der schwarzen Wüste Sturm kämpfte sich ein einsamer Krieger hin zu einem titanischen Berg. Ergriff mit seiner Hand die steilen glatten schwarzen Wände des Berges. Im nächsten Moment war er in dem Berg. Nun stand er unweit eines Pfades über einen See aus geschmolzenem Gestein. In seiner Mitte ein Thron. Darauf saß ein dunkler Krieger. „Hallo, Bruder ..." Kaltec öffnete die Augen und sah den Besucher still, aber festen Blickes an. In den titanischen Seen aus Lava regte sich etwas Riesiges. Aus den Meeren erstieg ein riesiger Drache und erfüllte die Hallen. Er stürzte auf den Ankömmling zu. Kurz bevor er ihn erreichen konnte, erstarrte er. Wandte sich gegen den Thron und mit dem

Rücken dem Besucher zu. Nun stürzte er auf den dunklen Prinzen los. Dieser erhob blitzschnell den Arm. Und hielt den Drachen an. Doch es fiel ihm immer schwerer und schwerer. Er ging in die Knie. Der andere ging festen Schrittes auf ihn zu. „Bruder, dein Königreich ist vergangen. Deine Zeit vergeht ..." Mit diesen Worten nahm der andere, der in helle Gewänder gekleidet war, seine Maske ab. Es war Kaltecs Gesicht. Doch es war verwandelt in ein schönes und natürliches. Mit entschlossenem, hoffnungsvollem Blick„... Modera! Mein König!", waren die letzten Worte des Prinzen, als seine letzte Kraft ihn verließ und er zu schwarzem Sand zerlief. Der neue König befahl den Drachen zurück in die Seen. Er ging den Pfad zurück und verließ den Berg. Er erhob seine Hand und drehte sie leicht in der Luft. Der Sand der schier ewigen Wüsten wurde in den Berg gesaugt. Unter dem Sand verborgenes Land belebte sich wieder. Bäche sprudelten wieder. Bäume trieben aus. Blumen erstrahlten in neuem Glanz. Der Berg erging in einem riesigen Blitz. Und aus den Strahlen erstanden riesige weiße Türme. Und ewige Hallen, die von Geschichten gefallener Helden erzählten.
 Der Herrscher ergriff die Hand seiner Königin und bestieg den Thron. Er nahm den Platz seiner Väter ein.

Und diese den Platz ihrer Väter
und deren Väter.

Meine REALITÄT

Ich bin in meinem Leben weit gereist. Dies mache ich heute noch. Früher suchte ich die „Eine". Ich habe sie gefunden. Sie ist immer da gewesen. In mir. Ich weiß, dass alles, was in meinem Leben so falsch und blöd gelaufen ist, in Wirklichkeit nicht falsch und/oder blöd ist. Dass der dunkle Krieger etwas Angeborenes ist. Eine Prägung. Ich bin sein Vater. Was bedeutet, ich habe mir dieses Leben ausgesucht. Vor meinem Leben. Ich glaube nicht mehr an Zufälle. Ich glaube an Gott. Dass er einen Weg für mich und jeden Menschen hat. Es gibt vieles, was er mir gezeigt hat. Ich weiß nicht, wer ich sein soll. Aber ich werde es sein, wenn ich es sein soll. Ich
habe die Kraft, alles zu ändern, was mir nicht gefällt. Ich bin das Jetzt. Er hat mir gezeigt, dass mir die vielen über die wenigen gehen müssen. Dass ich aber dabei nie den Einzelnen aus den Augen verlieren darf. Dass jeder Mensch eine eigene Kultur ist. Mir hat er auch gezeigt, dass jede Religion und Kultur ihre Daseinsberechtigung hat. Gott hat alle Gesichter. Er hat mir Sachen auf seine einzigartige Weise gezeigt, dass nur ich sie verstehe. Er schickte Teile meiner selbst ins Rennen. Jedem Teil meiner Vergangenheit, Gegenwart und Zukunft bin ich dankbar. Ich bin meinen Adoptiveltern dankbar, dass sie bis zum heutigen Tage liebevolle und fürsorgliche Eltern sind. Mein Leben ist ein Kampf mit mir selbst.

Dieser Kampf führte mich sehr oft in Tiefen, die nicht auszuloten sind. In Wüsten leer und schwarz. Jeder meiner Gegner war ein Teil meiner selbst. Und ich bin ihnen ebenfalls dankbar. Jeder lehrte mich auf seine Weise. Jeder zeigte mir Schätze, unermesslich wertvoll. In mir trage ich die Wurzel zu allem, und jeder Teil dieser Welt ist ein Teil von mir. Ich bin allen meinen Freunden dankbar, den einfachen, den besten, all denen, die ich zu meiner Familie zählen darf. Allen Menschen, die zu diesem Buch beigetragen haben. Ich bin jedem Menschen dankbar, dass es ihn gibt, jedem einzelnen. Ihr seid meine Familie. Die beiden, denen ich ein Wunschvater war und bin, ich trage euch fest in meiner Erinnerung und meinem Herzen. Sie lehrten mich, wer ich wirklich bin.